1ER CERTAMEN DE MICRORRELATOS

Grupo de Empresa de
Airbus Getafe-Illescas

© 2017 Grupo de Empresa de Airbus de Getafe - Illescas
1ª edición
Editor: Editorial Dragón
ISBN: 978-84-15981-49-7

Primera edición: Abril 2017
Impreso por/Printed by CreateSpace

ÍNDICE

PRIMER I CERTAMEN DE MICRORRELATOS DEL GRUPO DE EMPRESA DE AIRBUS GETAFE – ILLESCAS

El presente libro recoge el primer concurso de microrrelatos, convocado por el Grupo de Empresa de Airbus Getafe - Illescas en febrero de 2017.

El jurado de dicho concurso estaba formado por:

Ramón Somoza. Escritor desde los 15 años. Ha publicado 26 novelas en español y en inglés, siendo las más conocidas sus dos novelas románticas, *Sofía y el Ángel Caído* y *Lorraine y el Lord impotente*, así como su serie de ciencia-ficción *En órbitas extrañas*. Varias de sus novelas han sido traducidas al inglés y al italiano. En la actualidad es el presidente de la Asociación Internacional de Escritores Independientes (AIEI).

Luisa Gil. Autora de poemas y cuentos. Ha publicado relatos en distintas antologías de Playa de Ákaba como miembro de la Generación Subway, en Diversidad Literaria, en Espacio Ulises, y en La Isla del Escritor de ELDE. Ha publicado el poemario *Silencio en mis auriculares* (Playa de Ákaba, marzo 2016) y ha colaborado con sus poemas en varios volúmenes de Generación Subway Poesía, en *Mujeres sin Edén* de Playa de Ákaba, en *Tragedias Poéticas II* y *Luz de luna II* de Diversidad Literaria. Dos de sus poemas han recibido primeros premios. Antóloga de la antología solidaria *REFUGIADOS* de Playa de Ákaba publicada en julio 2016.

Juan Manuel Sánchez. Autor de varios centenares de microrrelatos difundidos en el blog *juanmanuelsanchezmoreno.blogspot.com* y últimamente publicados en diferentes antologías de varias editoriales, principalmente Playa de Ákaba, a cuya Generación Subway pertenece aportando historias breves. En 2016 publicó *El corrido de Washington Jaramillo*, compendio de cuentos en torno a un intrépido personaje. En 2017 apareció *Luces que parpadean,* su segunda novela. Su obra breve ha obtenido menciones en varios certámenes, y varios de sus cuentos han sido traducidos al francés y al inglés.

Los autores participantes en el concurso fueron los siguientes, en orden de inscripción:

- Andrés Portillo González
- Luz Gema Ruiz Catalán
- Eduardo Parro Herrero
- José Luis Escudero Arahuetes
- Martín Espinosa Sánchez
- Francisco García Neila
- José Javier Verdú Martin-Montalvo
- Javier Piñeiro Rodríguez
- Asunción Hortigüela Andrés
- Gabriel Barroso de María
- Jesús González Estévez
- Diana Gallardo Rubio
- Alberto Jiménez-Ortiz Corraliza
- Gabriel Rodríguez López de Guereña

Después de una competición muy reñida, los miembros del jurado del concurso calificaron a los diferentes relatos del concurso, resultando la máxima puntuación pertenecer a los siguientes autores:

Ganador: Javier Piñeiro Rodríguez
Segundo puesto: Eduardo Parro Herrero
Tercer puesto : José Javier Verdú Martin-Montalvo
Mención especial: Andrés Portillo González

CONFESIÓN

Andrés Portillo González

Y ahí estaba el cielo de Madrid, Señoría. Sucio como siempre. Esa tarde más que nunca. Y yo, que jamás había rezado. No creo en Dios, ¿sabe usted? Dios no existe. No hace falta más que mirar alrededor. Pero, ese día…, ese día recé. Todo lo que sabía, lo poco que aprendí de niño. Imploré a la Virgen, a los Ángeles, a los Santos…, a todo dios, se lo juro. A todo dios supliqué: —Que sea un sueño, Jesucristo. Que sea mentira, Virgencita—. De rodillas recé, Señoría. Con los dedos apretados, mirando a ese cielo.

Y él allí, Señoría, con el cuchillo en una mano. Él allí, trastornado, con esa voz de puerco. —Que te desnudes —le dice—. Qué te quites la ropa de una puta vez —eso le dice. Y mi esposa llora, llora y se desabrocha la blusa. Temblando suplica que la deje. —No me hagas daño, por favor —eso dice. Y él se acerca más, frenético. Le arranca la falda. La golpea. La tira al suelo. Mi mujer me mira, ¿sabe usted? Me mira mientras él se baja el pantalón y le separa las piernas. Me mira y me pide ayuda. Él me advierte: —Como te muevas te mato—.

Rezo, Señoría. Rezo como nunca antes había rezado: —Padre nuestro que estás en los cielos, Dios te salve María… —No puedo mirar. No lo soporto más. Entonces blasfemo. Entonces insulto a la Virgen, a los Ángeles, a los Santos… Grito como un endemoniado. Me arranco y golpeo al cerdo. Una patada en la cabeza. Cojo el cuchillo y se lo hundo en un costado. Luego otra vez. Y otra. Le hundo el cuchillo mil veces. Y rezo, Señoría, —por tu culpa, por tu culpa, por tu gran culpa…—Hasta que deja de respirar, y se destensa, ensangrentado.

AZULES

Luz Gema Ruiz Catalán

Y ahí estaba el cielo de Madrid, colándose por la ventana de la cocina con las mismas paradojas de cada amanecer; azul, algodonoso, acogedor, y a la vez mostrando a María el pequeño fragmento de autopista aérea que le recordaba que Dhurjati debía regresar al sahara porque el verano se les había terminado.

Para María, en realidad, el cielo no ha dejado de ser azul desde hace seis años. Cada vez que la niña aterrizaba en España, era azul celeste; puro, claro y limpio como los versos de un poema escrito para niños. Los domingos, cuando había piscina, o durante el chapoteo feliz que les regalaba el borde del mar en agosto, era azul marino. Unas semanas antes de que septiembre se adivinase en sus calendarios, era azul cerúleo; un poco confuso y tirando a gris porque aunque les quedasen días fantásticos por delante, inconscientemente, todos empezaban con la cuenta atrás.

Mientras cierra la cremallera de la bolsa de viaje de la niña, el cielo de María va a seguir siendo tan azul, algodonoso y acogedor como lo era hace un momento. No piensa dejar que nada lo enturbie, así como así, mientras que la pequeña siga a su lado. Será después, en todo caso, cuando no podrá evitar que se vaya tiñendo de un azul cobalto oscuro; justo cuando el avión esté despegando y le recuerde que para Dhurjati, que acaba de cumplir los doce años, éste habrá sido su último viaje a España.

QUEDARSE SIN ALAS

Eduardo Parro Herrero

1973. Y ahí estaba el cielo de Madrid visto desde arriba. Era su primer vuelo.

2017 Hoy – 11:30. Su retina refleja imagen parecida. El piloto de ensayos vierte encima recuerdos tristes y eternos, como paisajes de alta montaña. En sus ojos remansan, como lagos de cristal en una patria de arrugas. Los amigos que perdió en Sevilla o Turquía. O el día que tuvo que eyectarse derramando sus huesos por la tierra.

11:35. Brusco cambio de rumbo hasta hundirse en los bóreas de Enero. A ras la niebla tiembla, se arrastra, luz ahoga. Por cima una manada de nubes se desata, galopa con violencia, pinta en el aire las crines de un corcel. Desciende demasiado rápido y le riñen desde el control de Getafe. Sonríe y obedece.

12:30. De nuevo la pereza de los pies en la tierra. Los motores callando con pena sofocada. El cielo visto desde abajo. En su taquilla guarda el mono y el casco. Sale de la ducha y se peina despacio. Se anuda la corbata con cuidado, coloca el pañuelo en el bolsillo de la americana, y va a despedirse de los chavales de línea de vuelo.

14:00. Pasa por la oficina a recoger las fotos. En una pequeña caja caben sus cosas. La jubilación suena a delegar el futuro en un barullo de viajes con María, de visitas a los niños, ya pronto a los nietos. Hace la ficha en SAP, apaga el ordenador y se levanta. A por más despedidas.

14:30. Avanza lento por un largo pasillo, hacia la salida. En su cabeza tañen viejas promesas de no mirarla más. En su pecho va cuajando el agobio de quedarse sin alas. Sin embargo, para cerca de su sitio. La busca, pero Daniela no está. Volar también había sido jugar a lo imposible.

PAN Y CHORIZO

José Luis Escudero Arahuetes

Y ahí estaba el cielo de Madrid, sin una nube. No echaba de menos los cielos grises. Dejó la bolsa con el pan y el chorizo sobre el banco.

Mientras, la gente se apresuraba sobre el cruce de Santa Engracia y José Abascal sin reparar en ella. Nadie se sentaría a su lado, nadie le hablaría, seguramente nadie la miraría. Mejor.

Lo bueno de la primavera era comer en la calle. Tenía una hora antes de su clase.

—Este es mi sitio.

Acababa de cerrar el bocata, tras colocar una tras otra todas las rodajas. Aquel hombre vivía en la calle.

—Aquí hay sitio para los dos —señaló con la cabeza el otro lado del banco.

El hombre sostuvo su mirada unos instantes. Asintió.

—¿Tienes 50 céntimos?

—¿Tú crees que si tuviese 50 céntimos para darte estaría aquí comiendo esto?

Seguía allí delante, mirándola, en silencio, con la mano abierta extendida, sin mudar la expresión. Se quitó la mochila de la espalda, corrió la cremallera que la cerraba, se sentó en el otro lado del banco y sacó una lata de tomate frito.

—¿Quieres?

Le tendía la lata con la mano. Ella tragó. Aún no había dado el primer mordisco.

—Gracias. —El aire entraba espeso en sus pulmones—. No tengo para darte 50 céntimos, pero tampoco me falta para comer. ¿Quieres tú?

Le mostró el bocadillo

Cogió la mitad del bocadillo que ella le tendía y, tras guardar la lata de tomate, empezó a comer. Ella lo siguió unos segundos después.

La gente se apresuraba sobre el cruce de Santa Engracia y José Abascal sin reparar en ellos. Nadie se iba a sentar a su lado, nadie iba a hablarles, seguramente nadie les miraría.

UN ARDITE POR SU VIDA

Martín Espinosa Sánchez

Y ahí estaba el cielo de Madrid, gélido y distante, borroso tras la bruma que desde el Manzanares ascendía, absorbiendo el aliento de aquel malnacido. Yacía ya el infame en el suelo, sobre un charco de oscuros fluidos, con dos cuartas de acero atravesándole de lado a lado.

Ni rastro de la gallardía mostraba por aquel pisaverde esa misma mañana en la Fuente de los Caños del Peral, con su chapeo de ala ancha, tocado con un par de exóticas plumas, calado de medio lado, su jubón con brocados en plata, su capote de estilo italiano sobre los hombros y su incipiente barbita recién rasurada.

Un callejón, próximo al Arco de Cuchilleros, lejos de miradas de alguaciles y corchetes, eligió el desgraciado para iniciar su tránsito con Caronte, a donde quiera que éste le llevase.

Se había batido con buena raza, hasta que mi toledana le mostró su filo.

Esa misma mañana, con gran bellaquería y para regocijo de la chusma que le acompañaba, metió de patitas en la fuente, basquiña al viento, a una humilde lavandera que allí hacía sus labores, salpicando mis botas para gran infortunio suyo.

«Con la iglesia hemos dado, Sancho». No quedaba sino batirse. Su altanería quedó en entredicho en el mismo momento en que su mirada encontró la mía, viendo que le había salido el tiro por el mocho del arcabuz.

Sus ojos reflejaron la duda cuando le exigí una reposición para con la joven. Pero la manada lo alentaba.

«Vive Dios, que me importaba un ardite la vida de aquel hidalgo, que en cuestiones de honra, en la época que nos había tocado vivir, hasta el último villano debía defenderla con su vida si fuese menester y una hoja de acero igualaba al hombre humilde con el más alto monarca».

EXTERMINIO

Francisco García Neila

Y ahí estaba el cielo de Madrid cubriendo la ciudad con sus nubes grisáceas, la fina lluvia bañaba las aceras limpiando los últimos restos de la humanidad. Mis pensamientos vagaron, paseábamos sin hablar y haciendo nuestro ese momento. Nuestras manos fuertemente unidas, poco a poco se fueron separando, alejándonos sin remedio. Nuestras miradas se mantenían fijas el uno en el otro, los sonidos que antaño cubrían el mundo no aparecían por más que lo intentáramos, nuestra capacidad para hablar se había esfumado, al igual que se había esfumado toda esperanza de vida con la llegada de la desolación, de la catástrofe. Todo empezó con una hermosa lluvia de meteoritos, cada vez se hacía más intensa y cada vez explotaban más cerca. Por momentos la oscuridad se iba haciendo más profunda, lo hermoso se fue convirtiendo en algo espeluznante y macabro. Las vainas se fueron multiplicando exponencialmente, la gente mirando absorta hacia el cielo no se dio ni cuenta de lo que pasaba hasta que fue tarde, decenas de millones cayeron en las calles. La primera fase del ataque la completaron rápidamente, luego invadieron todo el planeta, miles de seres descendieron y redujeron rápidamente ciudades enteras. Los que se defendían acababan muertos, los que actuaban de manera pacífica…también. Países enteros exterminados, razas enteras exterminadas, fue una lucha desigual. Los ejércitos del mundo lucharon y perecieron, los supervivientes vagaban de ciudad en ciudad. Tal como empezó, terminó. Simplemente desaparecieron y dejaron el mundo a merced de la madre Tierra que con el paso de los años fue conquistando lo que le habíamos arrebatado los humanos. Otra oportunidad nos ofrecía la vida, y la afrontaba sin ti, no me merecía la pena. Simplemente descanse y la lluvia me despojo de todos mis temores dejando que viajara de nuevo hacia ti.

BELUGA

José Javier Verdú Martin-Montalvo

Y ahí estaba el cielo de Madrid… ese cielo de invierno, de un color azul profundo; sin la más mínima traza de nube, inundado de sol, sin final. Y deseó ser parte de él, recorrerlo libremente. Sentir el frescor del aire, lo tibio de los rayos del sol. Y deseó subir alto, y llegar lejos, todo lo lejos que le apeteciera. Y envidió a los pájaros, al humo que asciende libre, a las semillas que flotan en la brisa mientras comienzan viaje. Envidió incluso a los aviones que el mismo ayudaba a construir, ya que, aún siendo unas máquinas inanimadas, se las concedía la gracia de surcar aquel cielo. Se sumergió tanto en él, que por un momento se sintió como el náufrago de una isla minúscula, rodeada por un infinito océano en calma, condenado y bendecido a permanecer allí sin que nadie se acercara nunca. Dejó de prestar atención a los sonidos que llegaban a sus oídos, pasó por alto el olor a productos químicos que todavía impregnaba su olfato; ni siquiera percibió como su piel se enfriaba al contacto con el aire invernal. Estaba flotando en la inmensidad etérea que se extendía sobre su cabeza. Un silbido agudo y creciente a sus espaldas rompió el hilo de sus pensamientos. Unos segundos después una sombra se deslizó rauda por el suelo y ante su vista apareció un Beluga a punto de tomar tierra, como si el cetáceo del que tomaba el nombre viniera a hacerle compañía a su isla. Respiró hondo y apuró los últimos rayos de sol antes de volver a cruzar por las gigantescas puertas de acceso a la nave. El descanso había terminado.

IKASAWAK

Javier Piñeiro Rodríguez

Y ahí estaba el cielo de Madrid, al final del periscopio poligonal con espejos en el charco a los pies de la parada de autobús, el escaparate de la tienda de motos y la fachada acristalada del edificio a mis espaldas. En alguna ocasión había llegado a sumar cinco tramos, pero cuatro es un buen registro para la luz gris de este martes tras la lluvia, en que el aire se va cargando de tropezones en cada rebote, marcos de ventanas, faros, manillares, pegatinas y finalmente el asfalto del fondo del charco en la composición en dos dimensiones que llega a mis pupilas. He de reconocer que cuando comencé con esta distracción el objetivo último era la mera suma sin control, pero ahora valoro más el reto de ver el cielo sin alzar la mirada, leer las horas o rótulos invertidos varias veces y conseguir una armonía equilibrada en la composición final.

Solo el cielo y yo en los extremos, el resto del mundo es un paso intermedio o no existe en este juego que nos une cada día, aplanando volúmenes, seguro de que nadie más está haciendo lo mismo. La gente se distrae con otras cosas, oyendo música o escribiendo en el móvil. Ahora mismo veo a alguien que parece estar haciéndose un selfi… En su pantalla debe encuadrarse el cristal de la marquesina del autobús, reflejando el charco, el escaparate, la fachada y el cielo de Madrid. Es entonces cuando reacciono y me doy cuenta de que he perdido una dimensión y no puedo quitarme de la cara la pegatina de Kawasaki.

INVISIBLE DESDE LA ALTURA

Asunción Hortigüela Andrés

Y ahí estaba el cielo de Madrid totalmente despejado y luminoso, muy diferente al nublado y oscuro que acabábamos de pasar. Entonces recordé la famosa frase "de Madrid al cielo". Miré hacia abajo y lo que se divisaba, por el contrario, era una extensa mole gris con algún punto verde, rodeada de un paisaje árido y ocre, que invitaba a pasar de largo. A pesar de ello recordé distintos lugares que se encontraban dentro de la mole como: museos, bellos parques, palacios, modernas y castizas calles y todo el ambiente tan agradable y típico de esta ciudad. Además de todo el bullicio callejero, tráfico, diversidad de peatones con sus sentimientos y emociones, así como todas las vivencias que se dan dentro cada edificio y lugar. Cuando se escuchó por el altavoz que en breves momentos íbamos a aterrizar, sentí que me iba sumergiendo en ese latido de vida, invisible desde la altura y pensé que al igual que se dice de las personas, la belleza y lo importante está en el interior.

LA FIESTA DE CUMPLEAÑOS

Gabriel Barroso de María

Y ahí estaba el cielo de Madrid, contemplando a la familia reunida en el caserón para celebrar dos cumpleaños. Abuela y nieta cumplen cien y treinta años respectivamente.

Pedro tiene cuatro, llega de paseo junto a sus padres, quienes empujan el cochecito de su hermano menor. A Bruno le habría gustado ser dos años más pequeño y así haberse ahorrado la caminata. Habría disfrutado del paisaje recostado cómodamente.

En el porche se sienta Marta con cara de pocos amigos. Es la decimotercera primavera que ven sus ojos enrojecidos. Ha llorado de rabia porque sus primos mayores irán a las fiestas del pueblo mientras a ella se lo prohíben. Desea con todas sus fuerzas cumplir cuatro años en las próximas cuatro horas.

Lucía acude a consolarla, con gusto le regalaría los cuatro años que tanto anhela. Cumple treinta y a ratos envidia a la tropa de adolescentes que planea la escapada al pueblo. Sin embargo cuando ve llegar al pequeño Bruno afloran sus ganas de ser madre, ahora se siente preparada, y recuerda el pánico que le tenía a esa idea tiempo atrás. Eso aleja sus añoranzas y le hace saborear su madurez.

Durante su centena Carmen ha tenido malos y buenos momentos. También quiso pasar rápido por los malos, o regresar a los buenos otra vez; solía pensar que volver atrás en el tiempo habría sido la solución a sus problemas. Viendo a sus quince descendientes la idea se esfuma. Quizá no estuviesen allí si hubiese hecho las cosas de otro modo. Entonces se siente satisfecha y en paz. Cada momento tiene su historia, piensa. Impulsa su mecedora aprovechando los últimos rayos de la tarde. Lleva ya muchos años pensando que el día en el que vive será el último y saboreándolo por si el tiempo le da la razón.

AL MARGEN

Jesús González Estévez

Y ahí estaba el cielo de Madrid. No recordaba otro techo para sus estados de ánimo. Era el amigo más fiel desde aquel tiempo, en el que, al regresar de presidir la filial de su empresa en Japón. Una serie de acontecimientos, le llevaron a la vida que llevaba. Sin agobios, ni ambiciones. Viviendo de lo que la sociedad ponía a su disposición. Un despido inesperado propició el divorcio y la liberación. Recordaba complacido aquel tiempo en el que había dejado atrás un trabajo duro y una pareja obsesionada con la posición social, el consumo y las apariencias. Había alcanzado la libertad. Se aproximaba el momento en el que llegaría a no tener que remediar las pocas necesidades de su cuerpo. Alguno de sus amigos le había precedido, No tenía prisa. No lo temía. Tampoco lo deseaba. La tranquilidad era su estado. De tanto en tanto añoraba el violín que su abuelo le había enseñado a tocar allá en la infancia. Con sus melodías, disfrutaría más de la bella luz de los atardeceres, de la del alba y de las noches sin ella. Quizás, "Poemas al Raso". Libro publicado con éxito. Hubiera podido ser más bello al son de sus acordes. El frío había dejado paso a los primeros días soleados de la primavera. Eso le recordaba vagamente que por esta época, en otros tiempos, cumplía años. No recordaba cuantos. Su residencia, la ciudad. Su colchón, unos cartones. Su ropa, la puesta. Su supermercado, el despilfarro. Continuaba componiendo poemas. La ONG "Al Margen" ayudaba a necesitados con los beneficios. Y como gran protector de las musas y de su espacioso hogar, ahí estaba el cielo de Madrid.

EL PAQUETITO

Diana Gallardo Rubio

—Y ahí estaba el cielo de Madrid…

¡Al fin! Mucho había tardado, pero, como decía el viejo dicho: ¡bien está lo que bien acaba! Dejó el saco sobre el primer tejado decente que encontró y, sacando ese paquetito que tanto trabajo le estaba dando, leyó la dirección de entrega.

—Pero… ¡¿Aquí que dice…?! ¿Es una 'b' o una 'd'? ¿Un '6' o un '8'? Claro… ¡normal que se extravíen! Antes los paquetes eran grandes… ¡como Dios manda! Hoy son una birria ¡Muy bien presentados pero…! Parecía mentira que en pleno siglo XXI, con toda la tecnología que había, su mercancía se siguiera repartiendo a la vieja usanza… claro que… mejor hacerlo así que ir a engrosar la lista del paro ¡Pero por lo menos podían emitir las etiquetas por impresora, y no a mano, que había algunos que tenían una letra…!

Pensó en su trabajo: ¡el mejor del mundo! ¡Ni siquiera el viejo Papá Noël, o los tradicionales Reyes Magos, tenían un trabajo tan agradecido! Aunque… algo debía ocurrir en el departamento de solicitudes, porque el trabajo había bajado un poco. Y luego estaba el problema de la logística: direcciones mal escritas, o erróneas, y muchas devoluciones, sin siquiera abrir el paquetito para ver si coincidía con el artículo solicitado.

En fin, en la empresa decían que lo importante era la satisfacción de aquellos que recibían correctamente su pedido. Volvió a leer la dirección con muchísima atención (no quería confundirse otra vez), lo guardó en el saco y, tomándolo con el pico, voló rauda a su destino.

—¿Lo ven? ¿Ven esa cosita blanca en esa masa negra? —Ambos padres afirmaron con sus cabezas. —Pues es el embrión.

—¡Oh! ¡Qué chiquitín! —La joven agarró con fuerza la mano de su marido.

La doctora les sonrió.

—¡Felicidades! ¡Están ustedes embarazados!

EL INGENIOSO MURCIÉLAGO

Alberto Jiménez-Ortiz Corraliza

—Y ahí estaba el cielo de Madrid…

Se sentía satisfecho, el experimento era todo un éxito. La parte más agradable: el nacimiento de la idea embrionaria y el desarrollo de conocimientos para llevarla a cabo, había finalizado; ahora comenzaría la parte más difícil del proyecto.

Hablaría con las grandes familias y cortes europeas, exponiendo su idea, esperando que alguna de esas personas tuviera la imaginación suficiente para ver la bondad del invento… la bondad del invento, esto le preocupaba… mucho; por este motivo había escogido realizar la aventura por la noche, eso sí, con buena luna para evitar accidentes o situaciones imprevistas.

Deseaba que este invento sirviera para mejorar la vida de sus conciudadanos: acudir prestamente a los sitios necesitados y llevar la ayuda precisa, comunicar mejor los pueblos y ciudades, cruzar zonas inhóspitas o peligrosas, e incluso para dar perspectivas aéreas a los constructores y mejorar la utilización de los territorios… tantas, tantas aplicaciones.

Pero también estaba el otro aspecto… más peligroso: expandiría rápidamente las enfermedades infecciosas, las naciones más belicosas desarrollarían grandes ejércitos con armas voladoras ¡Podrían incluso lanzar artefactos explosivos…! ¡O venenos, sobre las ciudades enemigas…! La cabeza le daba vueltas, la disposición de este invento por manos inadecuadas elevaba enormemente el riesgo para el mundo que conocía.

Bajo él, atravesando las calles mal iluminadas del Madrid medieval, un hombre miró al cielo y vio el invento contra la luna llena.

—¡Señor Jesucristo! ¡Qué murciélago tan monstruoso!

Se persignó y dando la vuelta regresó asustado a su casa.

Leonardo decidió que este invento quedaría guardado en uno de sus cajones y que fuera otro, en un futuro muy lejano, y esperaba que más pacífico, el que se hiciera con el mérito. No importaba, en su mente bullían multitud de ideas igual de fantásticas y menos peligrosas.

CASA

Gabriel Rodríguez López de Guereña

Y ahí estaba el cielo de Madrid, esperándole después de tanto tiempo. Salió de Atocha arrastrando la maleta intentando no golpear a nadie. Cogería un bus. Las bocinas, el humo de los coches, la gente cruzándose, casi un milagro que no se chocasen entre ellos. Cómo demonios iban a entrar todos en el bus pensó, pero entraron. El bus dejó a su derecha el Retiro, y a él acordándose de las faldas de Pilar, y de la bicicleta que fue azul y luego color óxido que tenían que compartir a turnos o a tortas entre todos, de cómo tiraban piedras a los peces, primero las migas para que se acercasen. Y cómo bailaba Carlos la peonza. Él era malísimo, como en el fútbol q nunca le cogían, no como su hermano, que era el rey en todos los deportes, los estudios, las chicas... sí, se ligó a Pilar, sólo por fastidiarle porque sabía q a él le molaba, y Carlos hacía ese tipo de cosas porque podía... y claro, el preferido de Madre ya que Carlos no pencaba todas como él, y a Carlos Madre no le recordaba constantemente como a él que no iba a ser nadie en la vida. Sí, se había quitado de en medio, y Madre nunca se lo había perdonado. La siguiente ya era su parada. Bajó. Las dos últimas manzanas las haría andando. Había mirado algún alojamiento por si acaso. Ni idea de cómo iba a reaccionar después de tanto tiempo de lo de Madre, el accidente, no haber ido al funeral...

Llegó. Llamó al timbre y esperó y se acordó cuando de chicos llamaban a los telefonillos de las casas y salían pitando, y pensó en si esta vez se quedaría o saldría corriendo otra vez de allí, como cuando eran pequeños.

www.ingramcontent.com/pod-product-compliance
Lightning Source LLC
Chambersburg PA
CBHW050918120626
46552CB00004B/1645